Patrick Bancarel

PEINE DE VIE
La dérive des incontinents

Une fable contemporaine

NOTE D'INTENTION

Chères lectrices, chers lecteurs,

Priez pour que j'écrive le moins possible !

Non pas que ce que j'écris ne soit pas digne d'intérêt : j'espère que ça l'est ! Non plus que mon style ne laisse à désirer : j'ose croire au contraire que je ne m'en sors plutôt pas mal, à l'heure où les mots « syntaxe », « grammaire » et « orthographe » semblent s'être échappés d'un dictionnaire de termes anciens, désuets et oubliés de tous, à commencer par ceux qui sont sensés les enseigner. Non plus enfin que je sois illégitime à exprimer ma pensée, mes colères, mes critiques péremptoires, mon ironie irrépressible , mon détachement progressif de ce monde que je ne reconnais plus et qui me navre chaque jour un peu plus. Non ! Priez pour que j'écrive le moins possible, car je suis bien obligé de constater que je ne m'y sens poussé à chaque fois que les choses vont mal. Et il faut bien dire que depuis quelques années, ces choses ne vont pas en s'améliorant. Ceux qui me connaissent savent que je suis atteint d'une forme aiguë de procrastination chronique. Et pourtant, en revisitant les dossiers de mon disque dur et les messages que j'ai pu laisser sur ma page Facebook, je m'aperçois que j'ai accumulé assez de matière pour développer une réflexion sur les égarements de notre société.

J'avais commencé au lendemain de l'attaque de Charlie Hebdo, j'ai continué avec le Bataclan, les gilets jaunes, Notre-Dame, les black blocs, la SNCF, la grève des retraites, et puis, et puis…

Je pensais qu'on avait touché le fond, je croyais au ressaisissement, à la bienveillance, à la raison face aux passions relayées par les fanatiques de tous poils… La covid-19 est venue y mettre son grain de sel. Je reprends aujourd'hui la plume au tout début du deuxième confinement.

Je ne sais pas jusqu'où j'irai, ni même s'irai jusqu'au bout. Je profite du confinement pour reprendre l'écriture comme d'autres reprennent la peinture ou la musique. Je passe moi-même beaucoup de temps à faire de la musique, mais je réserve cette activité à moi seul, par respect pour la santé auditive de mon entourage.

Ma démarche est purement intellectuelle et ludique, une source de développement personnel. Je n'ai de leçon à donner à quiconque, je n'ai aucune certitude, je déteste toutes les idéologies, et je ne cherche pas à imposer ma vision du Monde, de ce Monde qui me semble se déliter chaque jour un peu plus. J'essaie juste de partager quelque idées sur cette drôle d'époque, sans esprit de polémique, même si mes opinions ne sont pas neutres. Ainsi par exemple, je reste définitivement « Charlie », c'est à dire exactement le contraire des « gilets jaunes » mais j'aurai sans doute l'occasion de m'en expliquer au fil de ces lignes.

Ma motivation vient surtout de cette déclaration du Professeur Delfraissy lors du premier confinement et de cette idée qui continue de courir au moment où j'écris: en gros, Boucler les plus de 65 ans jusqu'à perpète ! A 66 ans depuis quelques jours, je supporte mal cette promesse de protection forcée, cette quarantaine infinie, ce sentiment humiliant d'être considéré comme un sous-citoyen, une charge inutile et coûteuse pour la société.

Voilà ce que j'écrivais au début du premier confinement, inspiré par la célèbre chanson de Boris Vian.

 La dérive des incontinents

LE DÉSERTEUR

Le 07 avril 2020

Monsieur le Président, je vous fais une lettre, que j'espère, vous ne lirez pas, car vous avez bien d'autres choses à faire, ce qui soit-dit en passant, doit nous inspirer le respect. Mais peut-être que certains de vos généraux - Oui ! Des généraux, puisque vous-même avez parlé de guerre, avec son lot insoutenable de victimes, avec son exode qui me fait penser à mon père réfugié en 40 avec ses parents dans notre belle campagne normande pour échapper aux bombes qui pleuvaient sur les usines autour de leur domicile pantinois, de même que ces citadins rejoignent leur résidence secondaire ou leur famille de province pour se protéger du virus, avec ces délateurs zélés qui retrouvent le goût de ce sport national, avec ces résistants de la dernière heure qui, faute d'avoir à tondre les femmes qui ont couché avec l'ennemi, crèvent les pneus de voitures de ces populations indésirables qui font pourtant vivre l'économie touristique de leurs régions désertées le reste de l'année, avec aussi ces héros, qui comme nous tous n'avaient rien demandé, et avec bientôt l'après-guerre et ces conséquences économiques, sociales et psychologiques, probablement tragiques.

Ces généraux, donc, et non pas les experts qui hantent les plateaux TV pour nous expliquer que la pluie, ça mouille, mais ceux que l'on appelle aujourd'hui les « sachants », qui un jour, n'en doutons pas, quand ils auront fini de se crêper le chignon, vont nous sortir de cette invraisemblable merdier — remercions-en les par avance - peut-être pourront-ils, ces pointures dans leurs domaines respectifs, y puiser en dehors quelques réflexions, pour qu'ils n'oublient pas que « science sans conscience n'est que ruine de l'âme ».

« Monsieur le Président, c'est pas pour vous fâcher, il faut que je vous dise, ma décision est prise, je m'en vais déserter. Le 12 mai, de bon matin, je fermerai ma porte au nez des années mortes, j'irai sur les chemins... »

Cette guerre qui ne dit pas son nom a eu au moins cet avantage de nous rappeler deux choses : la première, c'est que tout n'est pas toujours de la faute de l'autre, la faute des patrons, la faute des riches, la faute des politiques… La seconde, c'est que nous sommes mortels, que notre pire ennemi, c'est le temps.

Il y a un plus de deux ans, j'ai cru vivre un conte de fée : une de mes pièces allaient enfin être jouée. Début de la tournée dans toute la France à partir d'octobre 2019 ! Et puis la belle histoire se gâte un an plus tard quand le producteur, pour toutes sortes de raisons que je ne développerai pas ici, m'annonce que la tournée est reportée d'un an… ou deux… ou… Mais je ne me décourage pas, malgré les gilets jaunes qui décident de combien de temps je dois poireauter autour de leurs ronds-points en fonction de la puissance de ma voiture, malgré nos amis cheminots en grève, quand j'ai besoin d'aller à Paris en train à la Société des Auteurs située près de la gare Saint-Lazare.

Alors, quand commence le confinement, je me plie sans broncher comme tout le monde à ces nouvelles règles, pour mon bien et celui de tous, en voyant avec angoisse le temps me filer comme du sable fin entre les doigts.

Mais que restera-t-il de ce sable dans le creux de ma main au matin du 12 mai ? C'est vrai que j'ai 65 ans et demi, que j'ai du cholestérol, que je suis un ancien fumeur - et j'ai adoré fumer - un indécrottable poivrasson - et il faudra que je sois bien atteint pour renoncer à un coup de rouge avec mon camembert au lait cru, moulé à la louche - que je suis d'une génération qui baisait sans capote. Je sais que l'heure où je vais lâcher la rampe se rapproche chaque jour un peu plus, que je risque bientôt de bouffer les délicieux pissenlits de nos régions par la racine, mais je ne cèderai pas sur mes désirs, sur ce qui fait le sel de la vie et qu'elle mérite d'être vécue.

Jeunes gens de 64 ans et demie ou moins et qui avez autorité pour dire ce que nous devons faire de notre vie, ne nous privez pas de ce temps qui reste, ne décidez pas sans nous connaître que nous sommes des légumes, inutiles et sans avenir, tout juste bons à rester bouclés chez nous en espérant que la grande faucheuse ne vienne sonner à notre porte que le plus tard possible. N'oubliez pas que dans ces conditions, elle peut sonner beaucoup plus tôt. Car l'ennui, le manque de perspectives, le sentiment de dépendance et d'inutilité peuvent être encore plus destructeurs que le virus.

«Monsieur le Président, si vous me poursuivez, prévenez vos gendarmes que je n'aurai pas d'arme et qu'ils pourront tirer ! »

Ce texte, comme d'autres, viendra illustrer un récit de fiction, une fable contemporaine, légère et ironique, certes largement inspirée par la réalité tragique du moment, mais où évidemment, toutes ressemblances avec des évènements et des personnalités connues seraient purement fortuites.

Peine de vie

Cette nuit, j'ai fait un long et terrifiant cauchemar, de ces cauchemars dont on se réveille sans savoir si l'on est toujours dans le rêve ou si l'on a rejoint la réalité. Or, celui-là continuera encore longtemps de me hanter.

L'action se déroulait en Franc-Moisie, un royaume imaginaire que j'avais déjà visité d'autres nuits il y a bien longtemps, sur les pas de Phil Solaire, un brillant écrivain qui avait connu son heure de gloire, grâce notamment à « Filles », un roman visionnaire et marquant des années 80.
Auteur talentueux et séducteur impénitent, Solaire semblait avoir perdu ces dernières années de sa superbe et de son rayonnement, sans doute rattrapé par l'âge, à moins que cet indécrottable libertin n'eût été trucidé par une brigade d'amazones revanchardes à la solde de « Balance ta haine ».

La dérive des incontinents

Après les attentats de Charlie-Hebdo, j'ai ressenti le besoin d'inaugurer une sorte de journal, un recueil de textes que je partage la plupart du temps sur Facebook et qui témoignent de mon humeur, de mes colères, de mes fous-rires, de mes peurs et de mes espoirs.

Ce premier coup de gueule n'est pas d'une gravité essentielle, mais il en dit long sur mon état d'esprit et sur les réactions épidermiques face à toutes les dérives et autres renoncements de notre temps.

<u>STUPÉFIANT !</u>

Le 16 octobre 2016

Petit rappel des faits : 2 heures 45, au matin du 16 octobre 2016. Je me réveille brusquement sans vraiment savoir où je suis, suite à une soirée familiale légèrement arrosée en l'honneur de mon soixante-deuxième anniversaire. Je comprends alors que je suis devant une rediffusion de "Stupéfiant", la nouvelle émission culturelle de Léa Salamé sur France 2.

A cette heure de la nuit, je pourrais me trainer jusqu'a mon plumard pour terminer de cuver, mais je décide de m'accrocher, car j'apprécie le talent de la chroniqueuse et que je découvre à l'écran un reportage sur Philippe Sollers, un écrivain qui a compté pour moi quand j'étais plus jeune.

Et là, la claque ! Le réveil brutal, le cadeau d'anniversaire empoisonné ! Léa nous apprend que Sollers est le seul à avoir le droit de fumer dans son bureau de chez Gallimard. On est prévenus et pourtant, dans la séquence suivante, un gros rond noir se balade sur l'écran pour accompagner les mouvements de la main de l'écrivain afin de dissimuler une cigarette, sans par ailleurs cacher la fumée qui s'en échappe. Voila ! Un gros point noir collé sur l'intelligence ! Mais jusqu'où la connerie humaine ira-t-elle se nicher ? Plus de dix ans que je n'ai pas touché à une cibiche et je dois encore supporter l'insondable bêtise de quelques fanatiques qui pensent faire notre bien en dégueulassant des images de télé comme ils ont dégueulassé les paquets de clopes avec des photos immondes qu'ils imposent a ma vue en même temps qu'à celle de mes amis qui n'ont pas fait le choix de s'arrêter de fumer.

Combien de temps encore devrons-nous subir les décisions aussi ridicules qu'inutiles de quelques thuriféraires de la bien pensance ?
62 ans, pour voir chaque jour reculer un peu plus les libertés, la tolérance, pour voir la morale arbitraire s'imposer sur l'esprit critique !
Et à propos de critique, comment Philippe Sollers a-t-il pu tolérer cette amputation symbolique de sa main sans réagir, lui qui dénonçait déjà il y a quelques années l'avènement de la France moisie ? Ça y est, je suis vénère, il est 4h40 et je n'ai plus sommeil ! J'aurais presque envie de m'allumer une clope. Merci le service public !

Peine de vie

Comme en France, la Franc-Moisie traversait une grave crise sanitaire, le Coït-19, une forme inconnue et terriblement contagieuse de vérole qui pouvait être mortelle et qui entraînait dans tous les cas de graves séquelles, tant physiques que psychologiques. C'est à cette occasion que son souverain, le roi Marchon, refusant de rétablir la peine de mort, pourtant réclamée par une majorité de braves Franc-Moisiennes et Franc-Moisiens qui souhaitaient voir ressortir cette merveille de technologie qu'est la guillotine contre les barbares du Levant qui découpent leurs victimes à la main, le roi, donc, proclama l'établissement de la peine de vie.

La mesure se présentait comme un gage ultime de progrès. Elle n'éradiquait pas la mort, mais elle était sensée la repousser à l'infini. Nous étions tous invités à vivre le plus longtemps possible, par tous les moyens, dans n'importe quelle condition, dans n'importe quel état. La maladie devenait interdite. Tous les anciens de plus de 65 ans étaient condamnés d'avance et contraints à l'enfermement perpétuel.

Nous étions entrés dans une sorte d'état intermédiaire entre la vie et la mort. Le pouvoir avait signé un pacte avec le Diable. On était dans « Le portrait de Dorian Gray » : on garde son aspect extérieur, mais l'on se désintègre à l'intérieur !

Comme dans tous les contrats signés avec le Malin, on peut imaginer que le roi Marchon regrettait déjà son engagement, mais il était trop tard pour revenir en arrière.

N'étant pas lui-même scientifique, il avait eu l'idée très légitime de réunir au sein d'un conseil dit du CSSC – le Conseil des Sciences Sans Conscience - les plus grands savants du royaume dans tous les domaines qui concernaient l'épidémie. Chacun était le meilleur dans sa spécialité, mais ils avaient hélas tous ce point commun plus que fâcheux d'avoir régulièrement séché les cours de psycho.

Tous avaient une solution pour combattre le fléau, mais aucun n'avait la même, et d'ailleurs, la réalité était qu'ils n'avaient pas vraiment de solution. Pour autant, ces éminents professeurs, qui n'avaient aucunement l'intention de perdre un peu du prestige ni de la confiance que le roi avait placés en eux, se mirent d'accord sur une règle commune : imposer la peine de vie !

Et pour la faire respecter, un seul mot d'ordre : faire peur ! Terroriser le bon peuple, lui foutre les jetons, la trouille, qu'il mouille son froc, qu'il se chie dessus…

Ces sachants étaient les dignes héritiers des médecins de Molière, imbus d'eux-mêmes, allergiques à toute forme de critique. Ils profitaient de leur savoir pour phagocyter l'autorité des puissants qui se soumettaient à leur supériorité intellectuelle. Et quand ils ne savaient pas, ils s'entendaient, dans un réflexe corporatiste, sur un même diagnostic, là encore comme ces docteurs d'antan qui ordonnaient la saignée, une pratique qui précipitait à coup sûr le décès de leur patient. C'est d'ailleurs sans doute ce que le Sieur Jean Tartuflex, premier ministre du roi, avait à l'esprit quand il avait déclaré sur une radio périphérique : « *Il faut des mesures saignantes pour que les Franc-Moisiens ouvrent leurs écoutilles.* » Notons que les écoutilles sont des ouvertures qui permettent d'accéder au fond des cales d'un navire. C'est dire la haute considération qu'il portait à ses administrés. On se demande encore pourquoi Marchon était allé chercher ce drôle de personnage, semblant venu d'une autre époque avec cet accent délicieusement désuet qui devait lui assurer la popularité des terroirs, avec cette façon de dodeliner du chef comme ces figurines de petits chiens à l'arrière des voitures, au rythme de ses paroles qu'il répétait toujours deux fois, comme s'il voulait lui-même se convaincre de leur pertinence.

A l'évidence, Tartuflex n'était pas un mauvais bougre. C'était un honnête homme, simple et dévoué, un brillant fonctionnaire, se voulant proche des gens, mais il avait endossé un costume trop grand pour lui. On attendait un chef, il n'était qu'un exécutant.

En fait, pour comprendre pourquoi Marchon avait fait ce choix ambigu, il fallait se pencher sur la situation politique du royaume et des menaces qui pesaient sur son pouvoir dans un horizon proche.

Inversement à la majorité de ses sujets et des spécialistes politiques, le roi avait parfaitement compris que si le danger venait bien des seigneurs des Hautes Terres du Nord, il avait infiniment plus à craindre de Xavier Lapin que de Dame Lapine.

Au contraire de la célèbre fable, le seigneur Lapin, qui n'avait pourtant rien d'une tortue, était parti à point. En débauchant Tartuflex qui en était le bras droit, le roi pensait pouvoir gagner sur tous les tableaux : ou sa politique obtenait les succès escomptés, ce qui désamorçait d'office les velléités expansionnistes de son adversaire, ou bien il échouait et faisait porter la responsabilité de son échec sur le dos de son premier ministre et par ricochet sur celui de son mentor, Xavier Lapin.

Mais l'opportunisme politique du roi s'était heurté à un autre écueil : en dépit de toutes les embûches qu'il avait rencontrées depuis le début de son règne, il semblait ne toujours pas avoir compris à quel point son bon peuple était une gigantesque bande de dingos, versatiles, incontrôlables, traversés par une infinie variété de préjugés et autres lieux communs. C'est pourtant lui qui avait identifié ces travers en parlant très justement des passions tristes : la jalousie, le ressentiment, la rancœur, le dénigrement, les haines ordinaires, le racisme décomplexé, l'antisémitisme larvé, la tentation de la violence… La Franc-Moisie, c'était Sainte-Anne, un immense hôpital psychiatrique à ciel ouvert où se croisaient toutes les pathologies cérébrales et comportementales : l'hystérie collective, la schizophrénie, la paranoïa, le masochisme, les pulsions suicidaires, le syndrome de Stockholm…

Vous pensez que j'exagère ? Souvenez-vous pourtant des évènements dramatiques qui avaient précédé la crise sanitaire ! En Franc-Moisie comme en France, une longue période de troubles avait enflammé le royaume, à la suite d'une mesure impopulaire plutôt dérisoire, mais qui avait entrainé une véritable jacquerie dans la population.

Eduardo, le prédécesseur de Tartuflex, s'était en effet entêté à imposer une loi visant à remplacer les carrosses par des voitures à bras. Ses intentions étaient louables – la création d'emplois de porteurs dans une période de chômage endémique et la disparition du crottin de cheval qui polluaient les rues – mais il n'en avait pas mesuré les conséquences négatives, notamment pour les Franc-Moisiens de province qui préféraient respirer l'odeur du crottin plutôt que de mettre cinq heures en chaise à bras pour aller au travail.

Face à l'intransigeance du premier ministre, cette colère légitime, largement alimentée par des opportunistes et des démagogues de tous bords, avait polarisé tous les mécontentements du moment et entrainé un grand nombre de braves gens, souvent malmenés par la vie et en perte de repères, dans un puissant mouvement de révolte, dit des « chemises jaunes ».

Le soulèvement populaire, récupéré initialement par le courant « des chemises brunes », proches de Dame Lapine, avait débuté aux croisées des chemins où les premières « chemises jaunes » obligeaient les utilisateurs de chaises à porteurs à finir à pied. Ces nouveaux marcheurs furent alors bientôt assimilés à des privilégiés, suppôts du roi et exploiteurs du peuple des petits porteurs.

Un profond clivage social se creusa dans le royaume et les « chemises rouges » de Maximilien Folichon, le petit père des pauvres de Franc-Moisie, rejoignirent ceux qu'ils considéraient comme leurs pires ennemis, mais qui pourtant leur étaient tellement semblables, et ils s'entendirent comme larrons en foire pour brûler les boutiques des malheureux marcheurs et mettre l'économie du royaume à genoux. Alors, j'exagère quand je parle d'hystérie collective, de pulsions suicidaires ? Et quant au syndrome de Stockholm, il fallait voir comment une bonne partie des marcheurs, ruinés, à la ramasse, affirmaient comprendre leurs bourreaux et leur apportaient leur soutien malgré tout.

A ce moment, ont aurait pu s'attendre à ce que la carrière politique du premier ministre fût définitivement compromise.

Mais ce dernier profita d'une élection locale pour se replier dans son havre de paix et s'installer dans un silence de bon aloi ! bien lui en prit, car aux derniers sondages, il était redevenu la personnalité politique la plus populaire du royaume.

Sa ministre de la santé, le Docteur Abusa, s'engagea sur le même chemin de l'élection après avoir été parachutée sur la place de l'Hôtel-de-ville de Pariperdant, la capitale du royaume.

Mais elle n'eut pas autant de chance. Les manufactures de toiles francs-Moisiennes n'étant sans doute pas aussi performantes que les nôtres, le parachute ne s'ouvrit pas et l'ex-ministre s'écrasa comme un vieux flan sur son parvis.

Chaque fois que par le passé, la Franc-Moisie était revenue hanter mes nuits agitées, tous les sujets de la capitale que j'y avais croisés n'avaient pas de mots assez durs pour qualifier la politique surréaliste de sa bourgmestre, Anita Déglingos, et de ses alliés, les Vermoulus-MDR, (Mouvement Démago pour la Régression économique et mentale). Tous juraient qu'ils ne voteraient plus jamais pour elle, qu'on ne les y reprendrait plus. Bel exemple de masochisme et d'inconséquence, les Pariperdantins – les quelques privilégiés qui avaient encore les moyens d'y vivre – reconduirent Anita Déglingos dans ses fonctions et elle put reprendre avec son équipe d'ayatollahs de la décroissance, son catalogue de réformes délirantes, propres à vider la ville de ses carrosses, de ses touristes, puis finalement de ses habitants. La dernière en date partit du constat que chaque famille avec enfants avait au moins une patinette dans son foyer.

Ce moyen de locomotion économique et peu polluant emporta l'adhésion du conseil municipal qui vota la privatisation des principales artères de la capitale à son usage exclusif. L'une des premières conséquences de cette nouvelle lubie fut d'encombrer les services de traumatologie des hôpitaux qui étaient déjà débordés par l'épidémie du Coït-19. Les soignants épuisés se trouvaient confrontés au terrible dilemme de devoir trier leurs patients entre le flot des petits vieux en morceaux et celui de messieurs bien mis qui arrivaient aux urgences en se grattant frénétiquement les couilles.

En attendant, l'épidémie de Coït-19 continuait de se répandre sur tout le territoire franc-moisien et le Docteur Verrou, qui connaissait bien les dossiers pour avoir été l'adjoint du Docteur Abusa, se vit confier le ministère de la santé.

Ce fut donc avec ce duo de bras cassés, Tartuflex et Verrou, un deuxième et un troisième couteau, que le petit royaume de Franc-Moisie allait devoir affronter la plus terrible pandémie que la planète des songes eût connue.

Hélas, contrairement à la « Belle équipe » du film de Julien Duvivier avec Jean Gabin, qui avait deux fins, l'une heureuse et l'autre tragique, cette belle équipe-là n'avait visiblement pas envisagé la seconde.

En tout cas, toutes leurs décisions arbitraires, autoritaires, discrétionnaires, semblaient irrémédiablement entraîner le pays dans la tragédie.

La chaine de commandement était simple : le roi Marchon transmettait les conclusions fumeuses et radicales des sachants du CSSC à ses ministres qui étaient sensés les aménager de telle sorte qu'ils obtiennent l'adhésion du public, mais ceux-ci étaient tellement timorés, tellement pusillanimes, tellement inquiets pour leur propre image que, plutôt que d'essayer d'y apporter un léger supplément d'âme, de rendre ces mesures un peu moins contraignantes pour la population et moins dévastatrices pour l'économie, en rajoutaient au contraire à chaque fois une louche dans l'inacceptable.

Au bout de la chaine, il y avait toujours un préfet pour réprimer les contrevenants et pénaliser un peu plus des familles déjà exsangues.

 # La dérive des incontinents

CETTE SEMAINE, ON TUE LE COCHON !

Le 17 octobre 2017

Je viens d'apprendre que j'étais en guerre contre la moitié de l'humanité. Je ne le savais pas. Jusqu'ici, je n'avais jamais considéré les femmes comme des ennemies.

Pourtant, quand l'animateur d'un débat consacré à l'affaire Weinstein demande sur son plateau si l'on n'est tout de même pas en train de se diriger vers une guerre de sexes, une représentante d'un mouvement féministe lui répond sans sourciller que la guerre a déjà commencé depuis longtemps.

Moi, je n'avais rien demandé, J'ai toujours aspiré à vivre en bonne intelligence avec mes contemporains – et mes contemporaines, bien sûr ! Pardon… C'est vrai qu'aujourd'hui, il faut surveiller son vocabulaire.

Par nature, je suis plutôt pacifique, mais pas pacifiste, tant l'Histoire nous a montré que ceux-ci sont toujours les meilleurs alliés des agresseurs. Et l'on commence déjà à voir dans ce conflit absurde comment des hommes, poussés par je-ne-sais quelles lâchetés, quels sentiments de culpabilité, quel masochisme, quelle démagogie, quelle hypocrisie, se rangent aux côtés de celles qui leur ont déclaré la guerre. Aujourd'hui, des célébrités mâles s'affichent à la Une des journaux (cf. Le Parisien) pour apporter leur soutien à ces amazones qui continuent néanmoins de leur décocher sans pitié leurs flèches empoisonnées. Il ne manque plus que Denis Baupin et son tube de rouge à lèvres sur la photo.

Faut-il leur rappeler, à toutes ces belles âmes, hommes et femmes confondus, que la libération de la parole, ce n'est pas la Libération ? Et que s'il n'y a qu'un seul lien entre cette libération de la parole et les conflits précédents, c'est bien celui de la délation. Décidément, les traditions françaises ont la peau dure !

Bien sûr, nul ne peut raisonnablement défendre les Weinstein, Rozon, ni tous les prédateurs sexuels, les puissants comme les petits chefs minables qui utilisent leur pouvoir pour assouvir leurs pulsions .

Mais dans cette affaire, on mélange tout : le viol, l'agression sexuelle, le harcèlement, le désir, la séduction…
Les réseaux sociaux sont le nouveau terrain de jeux de tous les fanatiques quels qu'ils soient – féministes, mais aussi politiques, écologistes, religieux, etc.

Profitant de cette hystérie collective, un aéropage hétéroclite de grenouilles de bénitier et de féministes radicales se sont engouffrées dans le sillage de l'affaire Weinstein pour y délivrer sans nuances leurs messages d'intolérance, leur idéologie castratrice et leur aversion pour la liberté. Ce n'est pas la parole qui se libère, c'est la haine qui se vomit ! Pas de mesure, pas de limite, pas de passe-droit ! Allez hop ! Tout le troupeau à l'abattoir ! De toute façon, c'est bien connu, les hommes sont au minimum tous misogynes et pour la plupart des violeurs en puissance. Alors forcément, comme dans toutes les guerres, il y aura des dommages collatéraux, quelques vies injustement brisées, quelques réputations détruites, quelques familles déchirées par la calomnie, par des vengeances mesquines, les allégations douteuses… Mais qu'importe ! C'est le prix à payer pour éradiquer le mal – le mâle ?

Je n'ai pas voulu cette guerre, mais si elle nous est déclarée, je ne déserterai pas, je ne me laisserai pas estourbir sans couiner avec le reste des porcidés. On ne m'obligera jamais à détourner les yeux quand je croiserai une jolie fille en mini-jupe, ni à tourner sept fois ma langue dans la bouche avant de faire un compliment à une jeune femme, sans être forcément soupçonné de vouloir la tourner dans la sienne. Je ne collaborerai pas avec la cohorte des ayatollahs de la bien-pensance, je ne coucherai pas avec l'ennemie, bien qu'il s'agisse là en fait d'une simple figure de style, car dans ce conflit un peu particulier, coucher avec l'ennemie reste sans doute le meilleur moyen d'assurer la paix et de signer l'armistice.

Peine de vie

Le Coït-19 étant une maladie sexuellement transmissible, la solution la plus simple et la plus efficace était l'usage intensif des préservatifs. La plupart des royaumes de la planète choisirent cette bonne vieille capote pour éradiquer le virus.

Dans un premier temps, la Franc-Moisie s'était également engagé sur ce terrain, mais elle avait très vite déchanté. En effet, avec le recul du sida, les autorités sanitaires n'avaient pas jugé nécessaire de renouveler ses stocks de préservatifs. Or, avec l'usure du temps, le caoutchouc avait séché et les capotes, généreusement mises à la disposition de la population, explosaient à la première érection. Elles ne résistaient même pas à une demie-molle.

Aussi, après avoir pris soin de dissimuler les preuves de leurs malversations et des disfonctionnements qu'elles avaient engendrées, les sachants, incapables de proposer des protocoles de guérison véritablement efficaces, orientèrent les autorités vers des mesures de substitution : la prévention.

Or, la seule prévention qui vaille, face à une maladie sexuellement transmissible, a un nom : ça s'appelle l'abstinence ! Le roi déclara officiellement la guerre au Coït-19 et ses lieutenants, Verrou et Tartuflex en tête, partirent au combat en braves petits soldats, le doigt sur la couture du pantalon.

Sans état d'âme, ils ne manquèrent pas d'imagination pour imposer chaque jour un peu plus de règlements, d'obligations, d'interdictions, autant de contraintes plus inefficaces les unes que les autres avec une seule ambition : obliger les sujets du royaume à se priver jusqu'à nouvel ordre de la bagatelle.

On remballe son matériel, on se la met derrière l'oreille et on la fumera quand on nous le dira, on prend des douches glacées matin et soir. « Les Valseuses », le film de Bertrand Blier dans lequel Depardieu déclarait : « On bandera quand aura envie de bander ! » fut immédiatement censuré.

 # La dérive des incontinents

LES TROIS PETITS COCHONS 2018

Le 24 janvier 2018

Il était une fois, non pas trois, mais toute la race des petits cochons, menacés, pourchassés, persécutés, non par un loup, mais par des hordes entières qui avançaient en meutes, enragées, parfois masquées sur les réseaux sociaux, de plus en plus au grand jour, fières de leur intolérance, de leurs certitudes, de leur haine ordinaire, de leurs passions tristes.

Qu'avaient-ils en commun, tous ces prédateurs ? Celles et ceux qui balançaient leurs porcs... Qui balançaient des têtes de cochon dans les mosquées... Qui balançaient des bombes contre ceux qui mangeaient du halouf... Qui voulaient interdire à nos petits cochons d'entrer dans les cantines de nos écoles sous la forme d'une tranche de jambon... Qui ne voulaient plus manger de viande – ce qui était leur droit – mais qui auraient bien voulu imposer leur choix à la terre entière, signifiant pour ces pauvres porcidés la fin de l'élevage et donc probablement la disparition de l'espèce... Celles et ceux encore qui voulaient nous empêcher de voir des films cochons, de raconter des histoires cochonnes, etc.?

Ils avaient en commun le fanatisme ! Le fanatisme est un mal rampant et pernicieux - le H2N1 des omnivores - qui infecte peu à peu tous les fondements de notre démocratie. Le fanatisme n'est ni de gauche ni de droite, et si l'on a pu croire avec les dernières élections à un recul du fanatisme politique, la victoire de Macron étant d'abord celle du pragmatisme sur les idéologies, C'est sur le terrain sociétal que ce sont déplacés les fanatiques de toutes obédiences : religieux, féministes, d'extrême-gauche ou d'extrême-droite, écolos, végans, etc... Apparemment tous opposés et pourtant si proches, dans la haine, l'intolérance, l'agressivité, l'aveuglement, ils ont au moins deux choses en commun : la première est que sur certains points, il faut bien leur reconnaître qu'ils ont parfois raison. La seconde est que, lorsque vous leur donnez un pied de cochon, ils vous prennent le jambon tout entier. Il n'y a pas de compromis possible avec ces charognards. Ne les laissons pas dépecer nos couennes de démocrates !

La morale de cette histoire est à peu près la même que celle de la fable initiale. Ne laissons pas les loups entrer dans nos maisons. Construisons en dur des murs de lumières pour nous protéger des passions obscurantistes !

Cochon qui s'en dédit !

Peine de vie

Faute de solutions adéquates, on multipliait les écrans de fumée à grand renfort de gesticulations. Il suffisait de voir d'ailleurs comment le premier ministre du roi s'agitait derrière son pupitre, tel le gendarme de Guignol, pour annoncer ses mauvais coups.

Bien sûr, il ne pouvait pas obliger les couples déjà existants à se séparer ni aller vérifier ce qu'ils faisaient sous leur couette. Mais il les encouragea fortement à ne plus partager le même lit.

Et pour ceux qui n'avaient pas de second matelas, le royaume mettait à leur disposition un stock conséquent de matelas gonflables de l'armée jamais utilisés.

Hélas, ces couchages étant faits du même caoutchouc que celui des capotes, ils se dégonflaient dès qu'on s'y allongeait, provoquant une vague de lumbagos qui eut pour conséquence d'encombrer un peu plus les urgences des hôpitaux.

Qu'à cela ne tienne ! Si l'on ne pouvait pas empêcher les gens de faire l'amour, on pouvait leur en passer l'envie. Sur la recommandation du CSSC, nos décideurs imposèrent les gestes-barrières et les distanciations sociales. Plus question de s'embrasser, de se toucher, ni même de se serrer la main, tous les contacts charnels qui risquaient d'entraîner des pensées libidineuses furent prohibées.

Mais pour Tartuflex, ce n'était pas encore assez. Il fallait également écarter tous les atouts de la séduction qui conduisent irrémédiablement à la fornication.
« Cachez ce sourire que je ne saurais voir ! » Notre Tartuffe aux petits pieds décréta le port du masque obligatoire. « Bon ! D'accord » me direz-vous ! « Mais le masque pour les enfants…
A quoi bon ? » Non, mais vous rigolez ? Tous ces petits merdeux avec leurs gueules d'anges qui perturbent la libido des enseignants et des ecclésiastiques ! Tartuflex leur ajouta cette affreuse cagoule qui nous foutait la honte quand nous étions petits et qui empêchait de distinguer les petits garçons des petites filles.

Les femmes voilées, au contraire, se sentirent un peu moins stigmatisées qu'à l'ordinaire. De leur côté, leurs époux avaient du mal à dissimuler leur satisfaction de constater que s'il était aussi facile de soumettre une population entière à la coupe d'une loi sanitaire, ce devrait être un jeu d'enfant que de l'aliéner à une loi divine.

La dérive des incontinents

BURKINI : PAS DE LIBERTÉ POUR LES ENNEMIS DE LA LIBERTÉ

Le 02 mars 2018

Je ne comprends pas comment il peut encore y avoir un débat autour de l'interdiction du burkini sur les plages, comment il peut y avoir aujourd'hui des esprits prétendument éclairés pour défendre au nom de je ne sais quelle tolérance cette humiliation faite aux femmes de ne pouvoir se baigner qu'empapaoutées dans une espèce de préservatif géant ?

Ce qui me gêne, ce n'est pas tant que trois malheureuses jeunes femmes, manipulées ou non, puissent se baigner toutes habillées, par provocation, par soumission ou par réelle conviction religieuse, ce qui me gêne, c'est la victoire rampante du fanatisme, de tous les fanatismes!

Les fanatiques islamiques, bien sûr, qui ne reculent devant rien pour déstabiliser nos démocraties. Ils ont trouvé avec le burkini une nouvelle arme psychologique pour compléter leur arsenal de bombes, de couteaux, de kalaches, de propagande et de folie meurtrière.

Ils ont aussi trouvé grâce à ce vêtement disgracieux qu'ils agitent comme la muleta du torero devant le taureau, des alliés inespérés chez ces autres fanatiques qui prétendent être leurs pires ennemis, partisans de l'ordre et d'une France propre et qui ne se rendent pas compte qu'en laissant la haine et la passion contaminer leur esprit, ils s'abaissent un peu plus chaque jour à leur niveau.

Le burkini, c'est l'arbre qui cache la forêt. Faute de se contenter de cacher les corps, il cache la forêt de toutes les régressions, les petites lâchetés, les diktats de la morale, bref de toutes les menaces contre la liberté et l'intelligence. Il suffit de voir comment sur nos plages les femmes ont renfilé leur soutien-gorge. Elles vous diront que c'est à cause des risques de cancer du sein, comme s'il n'existait pas de crèmes protectrices pour cette partie-là comme pour les autres parties du corps. La vérité est que nous sommes tous et toutes menacés par les ennemis de la liberté ou par ses faux prédicateurs, fanatiques à leur manière, qui au nom de cette même liberté, sacrifient celle de ces femmes emburkinées à leur bonne conscience. S'il ne peut pas y avoir de consensus sur un sujet aussi marginal, la barbarie a de beaux jours devant elle.

Il y a plus d'un siècle, les femmes se baignaient toutes habillées ou dans des tenues de bain qui ressemblaient peu ou prou au burkini. Combien de temps faudra-t-il encore avant que l'on en revienne à cet état ? Combien de reculades ? Combien de défaites de la pensée ?

Peine de vie

Des voix commencèrent à s'élever dans le royaume pour contester ces décisions liberticides.

On ne pouvait pas éternellement contrôler les pulsions naturelles, notamment des ados et des jeunes adultes. « Allons-donc ! Et pourquoi pas ? »

La réponse était sans appel ! Zéro tolérance avec cette bande de branleurs et de pisseuses irresponsables qui ne pensaient qu'à danser, se tripoter, se galocher, et plus si affinités… Cette population était la première à véhiculer le virus.

Certes, tous n'étaient pas logés à la même enseigne, mais la situation était trop grave pour faire le tri entre les bons et les mauvais sujets.

Tartuflex et ses acolytes rétablirent la punition collective, vous vous souvenez, comme quand la maîtresse punissait la classe entière si celui qui avait écrit au tableau : « La métraisse put du cu » ne se dénonçait pas, alors qu'elle savait très bien qui en était l'auteur, vu qu'à cette époque, il ne pouvait pas y avoir plus d'un ou deux élèves dans la même classe pour faire une faute d'orthographe par mot – ce qui en l'occurrence aujourd'hui ne serait plus possible, l'exception d'hier étant devenue la règle.

En fait, avec cette forme de justice primitive et arbitraire, l'enseignante trahissait ses propres frustrations et son manque d'autorité.

Jean Tartuflex ne semblait pas voir plus loin que le bout du nez de sa maîtresse d'école. Sans doute s'était-il senti blessé de ne plus apparaître comme ce notable sympathique du début, un peu bonhomme, proche des gens et nourri de bon sens.

Il avait oublié le sort qu'on réservait aussi bien dans le petit royaume de Franc-Moisie que chez nous aux bizuts de la politique qui rêvaient d'un destin national : on lèche, on lâche, on lynche !

Tartuflex n'était peut-être pas aussi ambitieux, mais en accédant à cette haute fonction, dont il n'avait même pas imaginé qu'on pût la lui confier un jour, il se forgea une très haute opinion de sa mission et de lui-même, et s'enferma dans une forme de paternalisme d'un autre temps, d'autoritarisme à deux balles, stigmatisant les uns, infantilisant les autres, dénonçant des boucs-émissaires, culpabilisant tous ceux qui n'obéissaient pas à la lettre à ses décisions foireuses.

Sans doute se vengeait-il aussi un peu inconsciemment de ce peuple de zinzins versatiles et ingrats qui précipitaient son impopularité.

Il ne comprenait pas, d'une part, qu'on ne faisait pas le bonheur des gens malgré eux, mais il comprenait encore moins ces sondages qui paradoxalement montraient l'adhésion largement majoritaire de la population à sa politique de terre brûlée.

C'était méconnaître ce fameux syndrome de Stockholm, particulièrement actif sur des sujets fragilisés par les recommandations contradictoires et terrifiantes des membres éminents du CSSC.

A la décharge de tous ces pères-la-morale, il y avait en effet chez une grande partie de la population franc-moisienne une force de soumission assez effrayante.

Certains s'enfonçaient même avec délectation dans cet asservissement masochiste et confortait « la belle équipe » à multiplier à l'envie les contraintes absurdes.

Ainsi Tartuflex déclara-t-il la guerre à la séduction, première étape d'un processus qui se termine la plupart du temps au fond d'un plumard ou d'une meule de foin. Il fit fermer en priorité les fleuristes et les bijouteries, pourvoyeurs peu scrupuleux de la corruption des sens.
Et puis les restaurants, antichambres de toutes les turpitudes. En revanche, il fit preuve de mansuétude à l'égard des cinémas qui purent accueillir des clients, à l'exception du dernier rang. Qui en effet n'a jamais profité de l'obscurité, le temps d'un bon nanar, pour se réfugier au fond de la salle et s'abandonner à tous les tripotages en règle, les soupes de langues, les doigts qui s'égarent et les dégustations d'asperge ?

L'inconvénient est que lorsque l'on supprime le dernier rang, c'est l'avant-dernier qui prend sa place, et ainsi de suite. Et donc désormais, seul le premier rang des salles de cinéma pouvait recevoir des spectateurs.

Bon ! Admettons… Mais pourquoi fermer les théâtres, surtout les plus anciens où l'on est généralement si mal assis et qui craquent au moindre mouvement ? Non mais vous le faites exprès ?!
Le théâtre, c'est la quintessence de l'incitation à la luxure ! Depuis les tragédies grecques jusqu'aux comédies d'aujourd'hui, en passant par les classiques du XVIIe siècle et le boulevard du XIXe, des œuvres éternelles résonnent des fantasmes et des déviances de leur auteurs légendaires, elles sont les pires messages que l'on puisse donner à une population dont on attend qu'elle soit irréprochable sur le terrain de la morale.

On fit fermer également la manufacture de pipes de la petite ville de Saint-Cloclo, avant de s'apercevoir qu'il s'agissait bien sûr d'un bug informatique. Hélas, la lenteur de l'administration associée à la hausse du prix du tabac contribua à la condamnation définitive de cette petite entreprise historique.

Rien ne semblait pouvoir calmer l'obstination castratrice du pouvoir. On remit même en cause la mixité des maisons de retraite : les garçons avec les garçons, les filles avec les filles ! Ou plutôt les petits vieux avec les petits vieux, les petites vieilles avec les petites vieilles ! On aurait pourtant pu penser que leur libido était plutôt au repos et qu'elle ne présentait pas de réel danger.

Mais cette ségrégation sanitaire eut pour effet au contraire de réveiller les pulsions enfouies de nos seniors qui se consolèrent dans des activités sodomites et des ébats saphiques.

Quelques vidéos tournèrent sur les réseaux sociaux de ces partouzes clandestines que les personnels soignants, frustrés eux aussi par les mesures prophylactiques du pouvoir, n'hésitaient plus à rejoindre.

 La dérive des incontinents

J-10 : VIVE LA LIBÉRATION

Le 02 mai 2020

Courage les amis ! Dans dix jours, c'est la fin du confinement, la quille, la LIBÉRATION ! Toutes les cloches du pays vont sonner, nos églises vont se remplir à nouveau. A nouveau, on va pouvoir faire une nouba à tout casser, rire, danser, chanter et se saouler la gueule du matin au soir, se rouler des gamelles jusqu'au fond de la gorge, cracher par terre, pisser dans la rue, s'entasser dans les stades et traiter ses adversaires d'enculés. Les frotteurs vont pouvoir reprendre une carte Navigo, les automobilistes se ruer dans les embouteillages et ceux qui ne vont pas au stade pourront se consoler en traitant à leur tour les cyclistes d'enculés. Les cyclistes insulteront les blaireaux en patinettes qui se vengeront en reversant des petites vieilles sorties pour la première fois depuis le début du confinement avec leur cabas pour se réapprovisionner.

Les provinciaux vont enfin pouvoir accueillir avec reconnaissance et considération les citadins venus sauver leur tourisme sinistré, citadins qui par ailleurs n'en ont rien à foutre de leur sort, mais qui sont là pour tenter d'oublier les mois de confinement dans le pastis et la paëlla. Ils feront mine d'oublier aussi que ces sympathiques commerçants aux sourires obséquieux qui essaient de leur fourguer une moule frites, un sachet de sel de Guérande ou une carte postale provenant d'un lot d'invendues de 1975 étaient peut-être les mêmes qui crevaient les pneus de leurs voitures quelques semaines plus tôt, les obligeant à retourner mourir chez eux.

Le 11 mai au matin, chacun va reprendre joyeusement le chemin du travail et dans l'après-midi du même jour, les syndicats appelleront au droit de retrait et à la grève générale. Les vieux gilets jaunes pourront retrouver l'atmosphère chaleureuse et conviviale des ronds-points pour nous empêcher de circuler librement, tandis que les plus jeunes gilets jaunes termineront de démolir ce qui reste de notre économie moribonde. Les profs vont pouvoir à nouveau enseigner le calcul et l'orthographe aux enfants – Non ! Je déconne ! Et peut-être échapperons-nous à ce flot de chansons indigestes et lénifiantes qui envahissent les ondes et les réseaux sociaux en l'honneur des personnels soignants qui décidément n'ont pas mérité ça !

Partout, des gouvernements provisoires vont réinvestir les bistros pour reconstruire le pays dans le même état où nous l'avions laissé avant la pandémie. Les délateurs vont devoir se cacher jusqu'à la prochaine catastrophe, de crainte d'être dénoncés à leur tour par les bons Français, résistants de la dernière heure.

Le 11 mai, on rase gratis, ce qui est somme toute une mauvaise nouvelle pour les barbiers et les coiffeuses. Mais il faudra que nous soyons beaux pour retrouver notre cher pays, la France d'avant, la France martyrisée, la France contaminée, la France déconfite, mais la France déconfinée.

Tout va donc enfin rentrer dans le désordre – et nous pourrons profiter de cette parenthèse enchantée, en attendant que la bête immonde ne resurgisse – je ne parle pas de Le Pen ni de Mélenchon – mais de la seconde vague de cette saloperie qu'on nous annonce déjà, ce poison terrifiant qui a usurpé le nom d'une des plus belles créations que notre planète ait portée, une boisson aux reflets d'or qui nous laisse encore un peu espérer dans le génie humain, avec ce petit bout de citron vert enfoncé dans son goulot, pointant vers le ciel comme un doigt d'honneur à cette époque de merde

Peine de vie

A ce stade, il fallait que je me réveille, que je quitte ce pays cauchemardesque, que je regagne ma belle France, terre de lumières et de liberté, que je retrouve la diversité de ses régions, la beauté de ses paysages, les saveurs délicates de sa cuisine, la richesse de sa culture séculaire, la profondeur de son esprit.

Le jour n'était pas encore levé, mais déjà les grandes avenues de Pariperdant grouillaient de gens masqués, de tous âges, qui se rendaient à leur travail sur leurs patinettes. Pas un carrosse à l'horizon ! Je me retranchai vers une chaise à bras et demandai aux porteurs de me conduire à la gare.

-   Mais la gare est fermée, Monsieur ! On voit que vous n'êtes pas d'ici. Les cheminots sont en grève depuis 1945 !

-   Ah bon ? Mais il y a encore des avions ?

Mes sympathiques porteurs affichèrent une moue dubitative.

-   Normalement, nous sommes en période de fêtes, les pilotes d'Air Franc-Moisie devraient être en grève aussi, mais il y a peut-être encore quelques vols sur d'autres compagnies.

Sur le chemin de l'aéroport, mes porteurs allaient bon train, mais ils se faisaient régulièrement doubler par des patinettes qui les insultaient en passant. Puis nous fûmes arrêtés à un croisement par un petit groupe de chemises brunes qui m'obligèrent à descendre de mon véhicule insolite.

Ils furent bientôt rejoints pas une bande de chemises rouges qui brûlèrent aussitôt la voiture à bras.

Un attroupement hostile se formait bientôt autour de moi, un aéropage de chemises jaunes de toutes obédiences auquel s'étaient joints des préfets brandissant leurs carnets de contraventions, quelques huissiers qui anticipaient avec gourmandise la crise et les faillites annoncées dans le pays au lendemain de la pandémie, des islamistes et leurs épouses, des représentants des Vermoulus-MDR, des militantes de « Balance ta haine », des jeunes gens maigrichons dont on pouvait deviner qu'ils étaient vegan à leur aspect maladif. Bref, tout ce que la Franc-Moisie comptait de fanatiques semblaient s'être donné rendez-vous autour de moi pour me régler mon compte.

<u>LES CHEMISES JAUNES</u>
Qu'est-ce que tu fais ici ? Pourquoi tu n'es pas confiné ? Où est ton masque ?

<u>MOI</u>
Je suis étranger ! Je rentre chez moi…

<u>LES CHEMISES BRUNES</u> *(EN CHŒUR)*
On est chez nous ! On est chez nous…

<u>UNE CHEMISE JAUNE</u>
Et toi ? C'est où, chez toi ?

<u>MOI</u>

En France…

<u>UN PRÉFET</u>

Tu es Français ? Alors tu n'aimes pas la police ?

<u>MOI</u>

Moi ? Mais si… Je suis Charlie, je suis la police, je suis la république, je suis juif…

Les islamistes se concertèrent du regard et portèrent la main à leurs poignards.

<u>UN VERMOULU-MDR</u>

Mais qui nous dit que tu n'as pas le Coït-19 ?

<u>MOI</u>

Je suis célibataire…

<u>UNE MILITANTE DE BALANCE TA HAINE</u>

Français… et célibataire ? Un libertin ! Un violeur en puissance !

<u>MOI</u>

Pas du tout ! J'aime les femmes et je les respecte…

<u>LA MILITANTE</u>

Et vieux en plus ! Sans doute pédophile !

<u>MOI</u>

Non…

<u>UN VEGAN</u>

Si tu es Français, tu manges des animaux ?!

<u>MOI</u>

Bah…

<u>UN VERMOULU-MDR</u>

Tu mets des arbres morts dans ton salon ?

<u>MOI</u>

Pour Noël seulement…

<u>TOUS</u>

Pourriture ! Salopard ! Ordure…

Je fermai les yeux. J'attendis le coup de grâce. Un long silence s'installa… Puis enfin une voix : « Ça va ! Laissez-le partir… »

J'hésite encore ! J'ouvre les yeux. Je suis dans mon lit. Je suis dans ma chambre ! Suis-je enfin réveillé ? Je sors de chez moi. Envie de retrouver le bon goût du croisant beurre !

A la porte de la boulangerie, deux gendarmes m'interpellent :

- Bonjour Monsieur ! Gendarmerie nationale ! Veuillez présenter votre attestation, s'l vous plaît ?

- Mais je croyais qu'elle n'était plus obligatoire…

- Si ! Pendant le couvre-feu ! Entre 20 heures et 6 heures du matin ! Et il est 5 heures 55… Vous voyez bien que la boulangerie n'est pas encore ouverte ?!

- Pardonnez-moi ! Je n'ai pas fait attention, je rentre de l'étranger !

- En pyjamas ?

- Je n'ai pas eu le temps de me changer ! J'habite à côté…

Je suis rentré à la maison sans croissants… mais avec une amende de 135 € ! J'étais bien réveillé… Et j'étais bien de retour en France !

# La dérive des incontinents

De février 2015 à aujourd'hui…

La France sent le pipi de chat. Elle a l'odeur rance de ces pièces mal aérées, depuis lesquelles on regarde le monde dissimulé derrière un rideau. On n'ouvre plus la fenêtre, parce qu'il fait trop chaud dehors, ou trop froid. Et l'on oublie peu à peu les parfums des saisons, la douceur de l'air, la beauté qui peut se nicher n'importe où et que l'on découvre par hasard.
On dit que la parole se libère. Mais quelle drôle de liberté ! Dans ces pissotières géantes que sont les réseaux sociaux et certaines de leurs annexes médiatiques, des foules incontinentes déversent leurs haines et leurs rancœurs, leur jalousie et leur vulgarité, leur racisme ordinaire, leur antisémitisme larvé, leur incommensurable bêtise, dans une écriture d'attardés assumés et truffée de fautes d'orthographe que ma génération ne faisait déjà plus en cours élémentaire.
Tous se rassurent en se disant qu'ils n'ont pas honte puisqu'ils sont maintenant si nombreux à partager les mêmes idées, comme si le fait de ne pas avoir honte rendait ces idées moins honteuses.
Et c'est sans état d'âme qu'ils se soulagent de leurs mictions haineuses comme on vide une vessie douloureuse, symptomatique de l'imminence d'un cancer de la prostate.

Le pire, c'est que ce cancer de la pensée nous menace tous, qu'il atteint autant les pires salopards que des braves gens qui parfois nous sont proches et nous sont chers, des personnes souvent généreuses, sensibles et intelligentes, mais contaminées par les discours métastasés des démagogues de tous bords, gauche et droite confondues, prophètes de malheur, fanatiques religieux ou indécrottables mécréants, idéologues d'un autre temps, champions toutes catégories dans l'art de l'intolérance.

Pourtant, j'ai cru un pendant un temps au sursaut des consciences, à cette idée que je me fais de la grandeur de la France, ce que l'on a pu appeler l'esprit du 11 janvier. Au lendemain du massacre de Charlie Hebdo, nous étions tous dans la rue, physiquement ou symboliquement, une foule immense et pacifique – et non pas pacifiste – sans haine, rassemblée dans le silence et le recueillement, solidaire, généreuse, et fière d'appartenir à cette remarquable communauté nationale, portée par ses valeurs éternelles et que le monde entier nous envie.

Ces jours-là, nous nous étions réconciliés avec notre police et notre armée, nous nous étions réapproprié notre hymne et notre drapeau, si longtemps confisqués et dévoyés par toutes sortes d'anciens combattants d'opérette.

Comme beaucoup, j'ai éprouvé le besoin de partager mes émotions et mes espoirs sur les réseaux, de rejoindre cette armée des ombres 2.0, tous ces compagnons blessés dans l'âme, mais debout, bien décidés à résister à la barbarie avec quelques mots simples et bienveillants, quelques citations appropriées, des chansons et des sourires pour se rassembler, pour barrer la route aux obscurantistes et affirmer le triomphe de la culture et de la civilisation.
Mais tout cela n'a duré qu'un temps.
Certes, nous étions - presque – tous Charlie, mais très vite, la nature a repris ses droits et l'on a vu fleurir une diversité de Charlie aussi différents et malodorants les uns des autres, des Charlie qui n'avaient en tête que de virer les arabes à coups de pied au cul, d'autres Charlie prêts à couper les couilles à tous les curés de la terre, et la toile a retrouvé rapidement les couleurs de la confusion et de l'intolérance.
La France sent le pipi de chat, mais il ne tient qu'à nous d'ouvrir les fenêtres.
Les racines du mal français ne sont pas – seulement – politiques, elles sont historiques, sociologiques, psychologiques… Elles se nourrissent du ressentiment, du dénigrement, de la jalousie - cette confusion entre la belle idée de l'égalité et le fantasme malsain de l'égalitarisme - de ce sentiment que l'on serait plus riches si les riches étaient plus pauvres, de cette fracture entre ceux qui jugent, qui commentent, qui critiquent et ceux qui construisent, qui créent, qui inventent, ceux qui rêvent et qui font rêver.

La liste est pourtant longue de ces êtres d'exception qui, à force de travail, d'abnégation et de talent, ont construit leur réussite et fait de la France un phare de l'Humanité. On pourrait en noircir des pages entières : Des sportifs, mais aussi des inventeurs, des explorateurs, des scientifiques, des artistes… Les impressionnistes, les pionniers de l'aviation, Pasteur, Pierre et Marie Curie, les frères Lumière, Eric Tabarly, Edith Piaf, Coluche… Et puis nos grands auteurs, Hugo, Chateaubriand, Racine, Molière, Proust, Colette, Camus, Céline…

Récemment, j'ai découvert qu'il existait un Festival du Mot au cours duquel plus de 100 000 internautes ont élu RÉFUGIÉS mot de l'année 2016, suivi par TERRORISME, UBERISATION, RÉPUBLIQUE ou encore ORTHOGRAPHE.

J'ai envie de croire que l'an prochain, ce soit le mot BIENVEILLANCE qui l'emporte. Je l'ai employé volontairement plusieurs fois dans ce texte, car c'est un mot que j'entends de plus en plus autour de moi ces derniers temps et qui correspond à une véritable aspiration populaire.

On sent bien aujourd'hui que notre pays aborde un tournant crucial et nul ne peut dire vraiment de quel côté il va s'orienter. Faisons en sorte que ce soit vers celui de la bienveillance et renvoyons les hordes de malveillants croupir dans leur incontinence.

Peine de vie

La morale de l'histoire…

Une fable digne de ce nom se termine toujours par une morale. La mienne se cache forcément derrière ces citations qui me servent souvent de repères dans ce monde en folie.

La première à m'être venu à l'esprit est la fameuse réplique de Michel Audiard dans « Les tontons flingueurs » :

« Les cons, ça ose tout ! C'est même à ça qu'on les reconnaît ! ».

Au-delà du bon mot, je suis toujours étonné de constater à chaque fois son implacable pertinence.

Bon, d'accord ! Je vous entends d'ici : « Et toi dans tout ça ? Pour qui tu te prends ? Celui qui le dit qui y est... »

OK ! OK ! OK ! Ça va, n'en jetez plus, j'ai compris ! Je sais que vous avez probablement raison, que je ne devrais pas tendre le bâton pour me faire battre. Mais quand même !

Le pire n'est jamais sûr ! En cette période de vœux où tous les donneurs de leçons et autres pères-fouettards nous abreuvent de recommandations, d'injonctions, de menaces si l'on veut tourner le dos à cette épouvantable année 2020, cherchant à minimiser toutes leurs bévues, je crains, en espérant mille fois me tromper, que 2021 ne soit pire encore!

Et là, je me tourne vers le grand Hugo…

« Le rire aux éclats est la dernière ressource de la rage et du désespoir. »

Je pourrais encore être plus revendicatif en reprenant les paroles de Bakounine qui ornaient mes cahiers de lycéen…

« La liberté, c'est le droit absolu de chaque individu de ne justifier ses actes que devant sa propre conscience. »

Ou les célèbres citations de 68, *« Il est interdit d'interdire »*, *« Sous les pavés, la plage »*…

La plage… Tiens, oui ! Parlons-en de la plage !

De toutes les aberrations sorties des esprits malades de quelques technocrates décérébrés, il y eut entre autres, lors du premier confinement, le concept de la plage dynamique, cette idée qu'aller sur une plage était autorisée, à condition de s'y tenir debout et d'y avoir une activité physique.

Je ne pensais pas qu'un jour, l'on pourrait m'interdire de m'asseoir simplement sur le sable à contempler la mer.

La voilà, la morale de cette fable. Elle est dans ce très beau vers de Charles Baudelaire…

« Homme libre, toujours tu chériras la mer ! »

Portez-vous bien !

Post-scriptum

Voilà ! J'ai bien rigolé en rédigeant ce petit pamphlet. Et à l'orée de cette nouvelle année 2021, j'aurais bien voulu refermer ce recueil sur une note d'espoir.

Mais l'information ne s'arrête jamais. Aujourd'hui, 28 décembre 2020, premier jour de la vaccination contre la covid-19, les Français décrochent une nouvelle fois le pompon de l'incohérence : 60% d'entre eux déclarent ne pas vouloir s'y soumettre. Champion du Monde de la défiance !

C'est la grande alliance des complotistes, millénaristes, politicards opportunistes des deux extrêmes – ceux qui comme le disait Pierre Dac sont contre tout ce qui est pour et pour tout ce qui est contre – des seconds couteaux qui courent derrière en espérant se faire une place sur le dos des cadavres du virus, et surtout de tous les trouillards qui préfèrent continuer de vivre comme des zombies, un masque collé sur le bout de leur nez, enfermés à jamais chez eux comme ils le sont dans leur esprit étroit, assistant sans broncher à l'effondrement économique du pays, laissant leurs ainés les plus fragiles remplir les cimetières, et qui crèveront comme des cons avec le vaccin au fond de leurs frigos !

Leur sort pourrait bien nous laisser indifférents, s'ils ne nous entrainaient pas avec eux dans leur chute.

Et du côté des autorités sanitaires, ça sent le pâté !
Le démarrage catastrophique de la campagne de vaccination chez nous – 2 millions aux USA, 600 000 au Royaume-Uni, 40 000 en Allemagne, et une bonne centaine en France, Mauricette comprise – augure du pire pour la suite.

Faut-il y voir simplement l'effet de l'extraordinaire incurie de l'administration française, l'impréparation des services concernés, ou une véritable volonté politique de traîner les pieds, pour mieux attendre le vaccin Sanofi / Pasteur dont on sait qu'il a pris du retard et qu'il risque d'arriver après la bataille ?

J'expliquais dans ma note d'intention que je n'écrivais que quand les choses allaient mal et je pourrais me réjouir de penser que je ne vais pas manquer de matière pour publier de nouveaux récits. Mais je ne suis plus tout à fait sûr d'en avoir vraiment envie.

Pourrais-je encore rire de ce spectacle tragique du délitement irrépressible de ce pays que nos voisins allemands ont rebaptisé « Absurdistan », de l'incapacité de sa population à se ressaisir ?

Et à quoi bon ? On ne peut pas apprendre à nager à ceux qui veulent se noyer !

Bonne année !

Le 28 décembre 2020

www.ingramcontent.com/pod-product-compliance
Lightning Source LLC
Chambersburg PA
CBHW061302140726
47998CB00006B/2332